라면은 멋있다

공선옥 소설 | 김정윤 그림

라면은 멋있다

창비

차 례

24
메뉴
뉴 출시!

연주가 일하는 햄버거 가게 앞에서 기다리는 시간은 좀 지루했다. 더구나 날씨마저 추웠다. 그러나 나는 가게 안으로 들어갈 수가 없었다. 돈이 없기 때문에, 아니 돈을 아껴야 하기 때문이다. 돈을 아껴야 할 만큼 돈이 부족하니, 하기야 돈이 없다는 말이 맞다. 연주는 이따금 까치발을 하고 흘깃흘깃 내가 서 있는 바깥쪽을 향하여 고개를 들어 올리곤 했다. 나는 그때마다 손가락으로 브이 자를 그려 보인다거나 어깨를 으쓱해 보인다거나, 그도 아니면 그냥 일부러 찻길을 바라봐 버리곤 했다. 연주가 안으로 들어오라고 하면 어쩌나, 불안한 마음이 들어서였다. 역시나, 연주는 일을 마치고 밖으로 나오자마자 내 어깨를 툭 치며 말했다.

"야아, 날도 추운데 들어오잖구선."

"야, 내가 들어가면 니가 일 못 하잖아."

"신경 안 쓰면 되지."

"그게 맘대로 되냐?"

"하긴."

다행이다. 연주가 "너 돈 없어서 그런 거지?" 하고 물을까 봐 나는 조마조마했다.

"연주야, 우리 오늘은 좀 걷자."

"야아, 나 다리 아프단 말이야."

"난 걷는 게 좋은데."

"난 어디 들어가 앉았음."

"그래, 그럼 우리 라면 먹으러 갈까?
오늘같이 추운 날, 라면 좋잖아?"

"넌 만날 라면이냐?
하긴, 그게 멋있긴 하지만."

또 다행이다. 연주는 내가 만날 걷거나, 라면만 먹는 것을, 부잣집 아이 폼 내는 것쯤으로 여기고 있는지도 모른다. 아아, 어쩌다 일이 이 지경까지 와 버렸나. 하여간 연주가 '부잣집 아이'로 알고 있을지도 모를 나 이민수는 '가난하지만 평범한 집 아이'(연주가 이렇게 말했다.) 김연주와 바람 부는 거리를 나란히 걸어 단골 분식집에서 라면 한 그릇씩 먹고 라면집 앞 공원으로 갔다. 밤바람이 차가워서인가. 연주는 이따금 몸을 후루루 떨었다. 그러고 보니 연주가 입은 스웨터가 몹시 낡아 보였다. 내가 보푸라기 잔뜩 인 옷을 바라보고 있다고 느껴서인지 연주가 몸을 조금 움츠리며 말했다.

"중학생 때 산 거라서……."

"야, 난 옷 오래 입는 사람들이 멋있더라.
요새 애들 뭐냐, 새 옷도 금방 버려 버리고.
우리 아파트 가 보면 옷 수거함에 새 옷들이
잔뜩 버려져 있더라.
에구, 청소년들이 이래 가지고
장래 나라 꼴이 어찌 될는지."

연주가 나를 물끄러미 바라보았다.

"넌 꼭 할아버지들처럼 말해."

"그래서 싫다구?"

내가 좀 예민하게 반응했나? 그러나 연주는,

"아니, 의젓해."

그야말로 의젓하게 대답했다. 나는 큼큼, 목을 좀 가다듬고 고개를 한 바퀴 돌렸다. 이번에도 또 다행이다, 싶어서였다. 연주가, 지난번 백 일 하루 남겨 놓고 헤어졌던 진희 고 계집애처럼 따지고 들지 않아서 얼마나 다행이란 말인가. 진희는 똑같은 상황에서 틀림없이 이렇게 종알댔을 것이다.

"야, 아파트 수거함에 버려진 옷들이
다 청소년들이 버린 거라는 증거라도 있냐?"

아니면,

"애들, 애들 좀 하지 마, 꼭 꼰대 같아."

진희는 내가 꼰대 같아서 '재섭다(재수 없다).'고 말하고 가 버렸다. 그러나 나는 안다. 진희가 나를 떠난 이유를. 그것은 내가 가난한 집 애이기 때문이다. 저를 위해 쓸 수 있는 돈이 내게 없기 때문이다. 그 애는 제 생일인데도 내가 선물을 사 주지 않았다고 잔뜩 삐쳤던 것이다. 그래서 나는 결심했다. 여자애를 사귈 때는 절대로 솔직해서는 안 된다고. 나는 나를 철저히 위장해야 한다. 위장하지 않으면 여자애들은 진희처럼 '재섭써.' 한마디 남기고 떠나 버릴 거니까. 나는 진희를 미워하지 않는다. 가난한 집 애를 싫어하는 건 진희 취향일 테니까. 그러나 나는 진희하고 헤어지고 나서 마음잡기가 힘들었다. 하루에도 몇 번씩 머리끝으로 열이 뻗쳐올랐다. 나는 그럴 때마다 죄 없는 머리카락을 우두둑 쥐어뜯었다. 나는 마음을 잡자고 결심했다.

그러지 않으면 내가 스무 살도 되지 않아 대머리가 될 것만 같았다. 무엇을 해야 마음을 잡을 수 있을까, 궁리하며 하늘을 봤다. 수많은 간판들이 눈을 어지럽혔다. 거기, 진학 학원 옆에서 오들오들 떨고 있는 간판 불 하나가 눈에 들어왔다. 비전 독서실.

"이 썩을 인사야,
공부를 못하면 공부하는 흉내라도 내 봐라 좀."

그날따라 엄마의 그 말이 폐부를 강렬하게 찔렀다. 낮에 봐 놨던 독서실 때문이리라.

"그렇잖아도 낼부터 할라고 합니다요."

누나도 끼어들었다.

“노력이라도 해!”

"독서실비."

"노력이라도 해."

나는 손을 내밀었다.

"독서실비."

엄마도, 누나도 얼어붙었다. 그럴 줄 몰라서 손을 내민 것은 아니었다. 맘을 잡는 것도, 공부를 하는 것도 돈이 필요한 일이었다.

"환경이 아무리 안 좋아도 사람이 마음먹기 나름이다."

엄마는 그러니까 굳이 돈 들여서 독서실 가지 말고 집에서라도 하라는 거겠지. 겉으로야 그렇게 말을 하지만 남들은 학원이다 과외다 눈이 핑핑 돌아가는 세상인데 겨우 독서실비를 가지고 벌벌 떨어야 하다니, 하면서 엄마는 속으로 울고 있음에 틀림없다. 누나가 그런 엄마 처지를 좀 거들고 싶었나 보다.

"야, 시립 도서관도 있잖아."

"거긴 순전히 초딩들뿐이야.
글고, 그 시립이 좀 멀어?"

비전독서실

하마터면 내 속을 들킬 뻔했다. 그러니까 내가 굳이 독서실을 다니려고 하는 이유를 들자면 마음 잡고 공부하겠다는 명분 아래 그곳에 가면 여자애들을 만날 가능성이 있기 때문이기도 했다. 그 정도 정보야, 우리들 사이에선 상식이니까.

"니가 간만에 공부 좀 한다는데
학원비는 못 보탤망정
한 달 독서실비는 내가 보태 주마.
그 대신 너도 밥하고 빨래하고 청소해."

엄마와 누나가 돌아가면서 하는 집안일을 나도 해야 한다는 조건으로 누나가 비상금을 털었다. 물론 그전에 내가 집안일을 하지 않은 건 아니지만 이젠 확실하게 의무적으로 해야 하는 것이다. 어쨌든 누나 덕분에 다니게 된 독서실에서 나는 의도했든 안 했든, 연주를 만났다. 방학하기 직전이었고 진희하고 헤어진 지 딱 한 달 만이었다. 연주는 방학하자마자 독서실을 끊고 아르바이트에 나섰다. 까딱했으면 나는 연주를 만나지 못했을 수도 있었다. 연주가 독서실을 그만두기 직전에 내가 독서실을 나오기 시작하다니. 인연치고는 대단한 인연이라고 나는 생각했다. 학기 중에 독서실에 다녔던 것은 학원을 다닐 수 없는 집안 형편 때문이라고 연주는 말했다. 나도 그렇다는 것을 그러나 나는 말하지 못했다. 진희에게서 받은 상처가 아직 아물지 않은 것이 틀림없었다.

식구들은 요즘 누나 등록금 문제로 초비상이었다. 누나가 대학에 합격한 것은 기쁨이자 두려움이 될 것이라고 한 내 예상이 맞았다.

아버지가 말했다.

"내 몸이 부서지는 한이 있더라도
우리 딸 대학 졸업시켜 주마."

엄마도 결기 있게 나왔다.

"엄마 아부지가 설마하니
너 대학 공부 하나 못 시켜 주겠냐."

그러나 엄마, 아버지가 버는 돈을 하나도 안 쓰고 석 달을 모이도 모자라는 돈이라고 엄마는 한숨을 쉬었다. 아버지는 숫제, 대학이 아니라 도둑들이라고 분개했다. 아버지는 그래도 그놈의 도둑들 소굴엘 들어갔다 나와야 사람대접을 받으니 기가 막힌다고도 했다. 엄마, 아버지는 그 도둑들 소굴

엘 들어가 보지 못한 사람들이었던지라 엄마는 오늘도 뜨거운 물에 손이 퉁퉁 부르트도록 '소문난 갈비' 집의 기름때 묻은 불판을 철 수세미로 북북 닦아 냈을 것이며 아버지는 오늘같이 추운 날도 길거리에 좌판을 벌여 놓고 "메이커 바지가 한 벌에 단돈 만 원!"을 외쳤을 것이다.

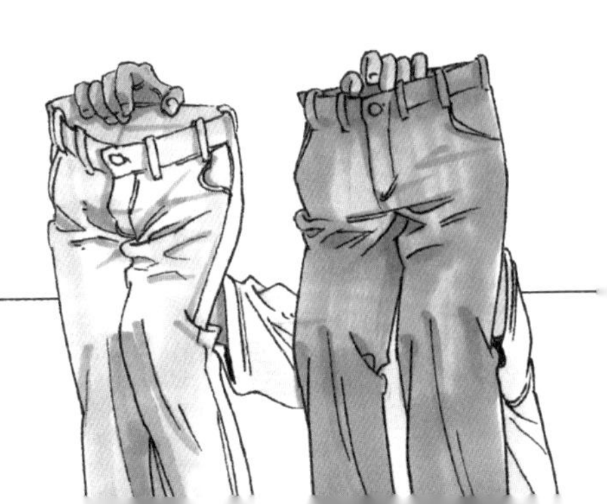

때가 때이니만큼 나도 돈이 없다. 돈이 있더라도 돈을 쓰지 말아야 한다. 그걸 알면서도 나는 오늘도 돈을 썼다. 그깟 라면값 쓴 것도 돈 쓴 것이냐고 누군가 묻는다면 나는 아마 속으로 피울음을 울지도 모른다. 속으로 피울음 나는 것이 분해 나는 연주 집 앞에서부터 우리 집까지 열 정거장이 넘는 거리를 성난 소처럼 달릴지도 모른다. 그러나 묻는 사람 없어도 나는 찬 밤거리를 달려 집까지 왔다. 다행히 식구들은 아직 아무도 들어오지 않았다. 나는 원래는 오늘 낮에 해치웠어야 할 빨래를 하고 걸레질을 하고 밥을 했다.

연주가 내게 물었다.

"넌 집에 가면 뭐 해?"

"밥 먹고 책 좀 보고 컴도 좀 하다가 음악도 듣고 그러다가 자는 거지 뭐."

말해 놓고 나서 캬아, 어떤 자식인지는 몰라도 자식이 신세 늘어졌구나, 소리가 절로 나오려고 했다. 집에 온 나는 밥 먹고 내 방에 들어가 책을 보는 대신 부엌으로 들어갔다. 나는 라면을 먹었지만 식구들 밥을 해 놔야 한다. 밥만 해 놓고 국을 안 끓여 놓으면 밥한 공도 무시당한다. 국까지 끓여 놔야, 그래도 밥한 티라도 낼 수 있다. 밥을 안치고 내가 제일 자신 있는 김칫국을 끓인다. 두부가 있으면 좋겠다. 냉장고 문을 열어 본다. 냉장고 안에

는 오직 김치뿐이다. 누나가 기적적으로 두부를 사가지고 지금이라도 들어와 준다면 늦지는 않을 텐데. 그러나 누나는 오늘 밤새워 일해야 할지도 모른다. 누나는 대학 입학 합격 통지서를 받은 날부터 장례식장 식당에서 서빙 일을 한다.

일단 멸치 국물을 우려내서 김칫국을 끓이기로 한다. 압력 밥솥이 칙칙 돌아간다. 어쭈, 이민수, 이젠 아예 주부가 다 되셨어, 혼잣소리로 중얼거리며 나는 카세트 라디오를 부엌에 가져다 놓고 아무 방송이나 틀어 놓는다. 재작년 온갖 집안 살림에 차압 딱지가 붙었다. 엄마, 아버지가 한 치킨 가게가 망해서 세를 못 냈더니 가게 주인이 차압을 붙인 것이다. 라디오는 그런 와중에도 용케 살아남았다. 엄마가 이불 속에다 라디오를 감췄기 때문에 집달리[●] 들에게 라디오가 들통나지 않은 것이다. 엄마는 나중에 차압 딱지를 피한 라디오를 안고서, 내가 얼마나 현명하냐, 하면서 괜히 혼자서 감격스러워했다. 텔레비전은 그 뒤 재활용품으로 다시 사들였는데 컴퓨터는 아직 구하지 못했다. 내가 연주 앞에서 한 말대로라면 나는 지금쯤 밥을 먹고 음악을 듣고 컴을 할 시간이다. 그러나 없는 컴을 할 수는 없으니 청소 좀 하고 텔레비전이나 보는 수밖에. 그러나 오늘은 왠지 텔레비전 볼 생각도 안 든다. 이상하게 마음이 들떠 올라 아무것도 할 생각이 나질 않는다. 사실 밥도 무슨 정신으로 했는지 모를 지경이다.

● 법원 사무를 보는 집행관의 옛 용어.

라면을 먹고 라면집 앞 작은 공원에서 우리는 캔 커피를 마셨다. 공원 너머에는 연주가 사는 아파트 단지가 있었다. 그곳은 가난한 사람들이 사는 임대 아파트라고 했다. 우리 집은 다세대 주택이다. 지하에는 신혼부부가 살고 1층에는 중국에서 온 이주 노동자들이 살고 우린 2층에 산다. 3층에는 누가 사는지 모른다. 가끔 큰 소리가 나는 것을 보면 거기도 외국인들이 사는 것 같다. 말소리가 외국 말이다. 찻길이 가깝고 찻길 너머가 공장 지대여서 환경이 썩 좋다고는 할 수 없다. 이따금 소음과 먼지 때문에 내가 인상을 쓸라치면 아버지가 말한다.

"야, 그래도 옛날 지하 살 때보다는
지금이 백배 조타."

아버지 말대로 당분간 '형편이 필 때까지'는 지하방보다 백배는 좋다고 여기며 살 수밖에 없을 것이다. 환경이 아무리 안 좋아도 사람이 마음먹기 달렸다,고 한 엄마 말을 믿는 수밖에. 지하방보다는 '백배' 나은 다세대 주택 2층에서 나는 가난한 사람들이 모여 사는 영구 임대 아파트에 사는 연주를 생각한다. 연주는 내게 말했다.

"난 니가 집에서
뭘 먹는지, 뭘 하는지, 어떻게 자는지 다 궁금해."
"나라고 안 그러겠냐?"

나는 제법 목소리 톤을 근사하게 부풀려서 대꾸했다.

“정말?”

연주가 눈을 동그랗게 뜨고 나를 빤히 보았다.

“정말이잖고.”
“넌 정말 어른스러워.”

진희는 똑같은 말을 해도 ‘꼰대’ 같다고 하는데 연주는 ‘어른스럽다’고 한다. 내 마음에서 연주한테 잘해 줘야겠다는 생각이 용솟음쳤다.

"연주야, 조금만 기다려.
내가 너 생일 선물로 폭신한 코트 한 벌 사 줄게."

아아, 내가 드디어 사고를 치고 마는구나! 그러나 이미 엎질러진 물.

"정말?"

연주는 이번에도 동그란 눈, 동그란 입으로 묻는다.

"당근이지."

"근데 내 생일 언젠지 알아?"

"언제야?"

아, 제발 여름이기를. 그러나,

"일주일 뒤가 내 생일이야."

아, 발등에 불이 떨어졌구나!

바로 그 순간이었다.

"떽, 머리꼭지에 피도 안 마른 것들이 연애질은. 자식들이. 카아악."

술 취한 노인이 지나가며 야단을 친다. 열받지만 할 수 없다. 연주 앞이지 않은가. 진희하고 있을 때라면 나는 들림없이, 뭔데요? 정도는 했을 것이다. 그러면 대부분의 '꼰대'들은 슬금슬금 뒤꽁무니를 빼며 저쪽 밝은 쪽으로 총총 멀어지는 것이다. 연주가 먼저 일어섰다.

"가자."
"그래, 가자."

연주에게는 확실히, 사람을 착하게 하는 힘이 있는 것 같다. 그것은 연주가 착하기 때문이다. 재섭써, 소리 같은 건 아예 할 줄도 모르는 착한 연주에게 내 무엇을 못 해 주리. 걸레를 든 손에 절로 주먹이 쥐어졌다.

손에 힘을 주고 거리로 나왔으나, 다가오는 일주일 뒤 연주에게 줄 코트를 살 수 있는 돈을 벌 만한 곳은 쉽게 구해지지 않았다. '알바 구함' 쪽지를 보고 들어간 햄버거 가게에서는 문전 박대를 당했다.

**"아이고 학생, 그 얼굴에 분화구나
좀 정리하고 오지그래."**

햄버거 가게는 연주만큼 예쁜 아이 아니면 적어도 여드름 없는 얼굴 정도는 되어야 하나 보다. 고등학교 들어오면 좀 나아지려나 기대했던 여드름은 갈수록 기승을 부리며 피어났다. 그 여드름이 이런 식으로 내 인생의 걸림돌이 될 줄은 몰랐다. 돈 벌면 맨 먼저 연주 코트부터 사고 여드름 약도 사고, 엄마에게는 핸드크림, 아버지한테는 귀마개 달린 모자, 누나한테는……. 머릿속으로 돈 생기면 구입할 품목들을 헤아리며 내가 찾아간 곳은 용우가 일하고 있는 편의점이었다. 헤어진 진희는 용우 사촌이다. 용우는 제 사촌 진희를 내게 소개해 주며, 소개비 조로 내게서 오천 원가량의 '삥'을 뜯었다. 그런 것, 저런 것을 생각하면 나는 정말이지 용우를 찾고 싶지 않았다. 그러나 지금 내게는 용우의 도움이 절실하게 필요하다. 용우야말로 우리들 사이에서는 '생활 정보인'으로 통했다. '알바 창구'로 공인된 용우를 찾아가면 어떤 자리든 소개를 받을 수 있을 것이었다. 학기 중에도 일을 하니 방학인 지금 당연히 용우는 일을 하고 있을 것이다.

"어이, 민쑤우."

어색함을 무마해 보려고 오버하는 용우를 보며 나도 어색하게 웃었다. 용우는 어울리지 않게시리 제 '삶의 현장'에서 아는 사람을 만나면 부끄러워하는 면모가 있었다. 세파에 시달리긴 했지만 용우도 알고 보면 순진한 놈임에는 틀림없었다.

나는 용우와 악수 대신 하이파이브를 한 뒤 캔 커피 두 개를 따서 한 개를 용우한테 건넸다.

"진희하고는 잘돼 가냐?"

용우가 물었다.

"야, 걔하고 헤어진 게 언젠데."

"왜?"

"걘 내 생일 때 선물해 줬는데
난 안 해 줬거든. 아니, 못 해 줬지.
내가 재수 없다고 하더라."

"우리 집안사람들이 물질을 좀 따지는 편이지.
마음이 어떠냐?"
"힘들었는데 지금은 괜찮아.
김연주라는 애를 사귀게 됐거든."

나는 용우에게 솔직하게 말하지 않을 수 없었다.

"그래? 마침 잘됐다.
나는 방학 동안 맘잡고 공부 좀 해야겠다.
여기서 니가 일해라."

하루 정도 용우한테 인수인계에 따른 지도를 받았다. 나는 돈벌이에 대한 기대감에 꽉 차서 말했다.

"주간에도 일하고 야간에도 일해도 되지?"

"몸 생각은 안 하냐?"

역시 용우는 말하는 품이 '알바 업계'의 지존다웠다.

"난 사실 일주일 뒤에 돈이 필요한데."

"가불 땡겨."

편의점에서의 아르바이트가 시작되었다.

주야간을 함께 하면 돈을 더 벌 수 있겠으나 용우 말대로 몸 생각도 할 겸 '독서실 알리바이'를 위해 주간에만 하기로 했다.

"요새 공부에 재미 좀 붙였냐?"

아침에 서둘러서 집을 나가는 참인데 엄마가 뒤에서 물었다.

"예? 예, 뭐 그럭저럭."

"그래도 너무 무리하진 말어."

엄마가 흐흐흐, 흐뭇하게 웃는 것 같았다. 주경야독의 길이 이렇게 힘들 줄 몰랐다. 사실을 말하자면 주경야독은 아니다. 원래는 주경야독을 하려고 했다. 낮에는 편의점에서 일하고 밤에는 독서실에서 공부하자고 마음먹었는데 독서실에서 한 시간을 버티기가 어려웠다. 그래도 편의점에서 박바로 집에 가는 것보다는 독서실을 경유하여 집에 가는 것이 마음 편했다. 나는 어쨌든 독서실을 다녀온 것이 되니까.

돈만 아는 짠돌이라 여겼던 용우가 새삼스레 위대해 보였다. 어디 용우뿐인가. 연주도 있다. 그들을 보면서 나는 왜 한 번이라도 나도 돈을 벌어야겠다는 생각을 하지 않았던 것일까. 아르바이트 한 번 할 생각도 하지 않고 보내 버린 시간들이 무지하게 아깝다는 생각이 들었다. 지난 세월을 내가 잘못 산 것만 같았다.

"스스로 돈을 벌어 봐야,
돈 아까운지도 알지."
"돈 벌기가 쉬운 일이 아닌 줄 알면
돈 함부로 못 쓴다."
"어렵게 번 돈은 어렵게 쓰고
쉽게 번 돈은 쉽게 쓴다."

예전에 엄마, 아버지가 한 번씩은 했던 말들이다. 왜 나는 그때 그 말들을 대충 한 귀로 듣고 한 귀로 흘려 버리곤 했던가. 내 철없음에 왈칵 눈물이 쏟아질 것만 같았다.

사장님이 물었다.

"학생은 아르바이트가 첨인가?"

"예."

"어쩐지, 용우 같지 않다 했지."

사장님의 말이 일을 잘한다는 것인지, 잘 못한다는 것인지 알 수 없었다. 그러나 그만두라는 소리를 안 한 걸 보니 잘 못하지는 않은 모양이었다.

밤 근무자와 교대하고 바깥으로 나오다가 깜짝 놀랐다. 아버지의 행상 트럭이 편의점 앞을 휙 스쳐 지나갔기 때문이다. 아버지 차는 유독 덜컹거려서 차라기보다 무슨 철제 깡통 같은 느낌을 주었다. 아버지는 편의점 앞을 지나 신호등 앞에 멈춰 있었다. 일을 끝내고 이제 집에 들어가는 모양이었다. 낡은 차 꽁무니를 바라보고 있자니 왼쪽 갈비

뼈 밑에서 찌잉 찌잉, 두 번 버저가 울렸다. '가슴에서 버저가 울린다.'고 하면 굳이 가슴이 아프다고 하지 않아도 되어서 편리하다. 돈을 벌어서 아버지 차를 새 차로 바꿔 주면 좋을 텐데, 찌잉 찌잉. 나는 연속해서 울리는 버저를 가까스로 잠재우고 연주를 만나러 가기 위해 아버지와는 반대 방향으로 쏜살같이 달려갔다. '버저 울리던 마음'이 설렘으로 순식간에 바뀌었다.

"난 가끔 꿈을 꿔."

"꿈 안 꾸는 사람이 어딨냐?"

"아니, 그런 꿈 말고. 상상하는 거 말이야."

우리는 여전히 바람 부는 길을 걸었다.

"우리 오늘은 라면 먹지 말고 햄버거 먹자. 팔다 남은 거라고 주더라."

우리는 내가 일하는 편의점과 같은 이름의 편의점에서 따뜻한 캔 커피를 사서 공원으로 들어가 햄버거를 먹었다. 여자애를 사귄다는 건 정말 좋은 것이었다. 어떤 대화를 나누어도 알 수 없는 즐거움이 물밀듯이 밀려왔다. 똑같은 대화를 남자애들

끼리 나눈다면, 그저 입만 아플지도 모른다.

"상상력이 욜리 좋은가 보다.
우리 담탱이가 그러는데 말이야,
미래는 상상력 좋은 사람들의 세상이 된다더라고."

"알아? 상상력도 요샌 돈이라는 거.
창이 큰 집에서 사는 아이는 꿈도 크게 꿉니다…….
꿈 크게 꾸려면 일단 창 큰 집으로
이사부터 가야 해. 그지?"

"와아, 진짜네. 야아, 그거 진짜,
재수 없다, 야아……."

나는 왜 진작 그 생각을 못 했지? 그때야, 또 다른 아파트 광고가 생각났다. 당신이 사는 곳이 당신을 말해 줍니단가? 당신이 사는 곳이 당신이 어떤 사람인가를 말해 줍니단가? 하여간 재수 없기는 마찬가지인 광고 문구 말이다. 우리는 우리 사회 양극화에 관한 대화를 나누었다. 아버지가 이따금 텔레비전을 보며 했던 말을 떠올렸다. 아버지가 했던 말을 내 말인 것처럼 해서 나는 얼른 말했다.

"세상이 갈수록 잘사는 사람은 더 잘살게 되고 못사는 사람은 더 못살게 되는 게 문제야."

"너희 집은 어떤지 모르지만,

우리 집은 아빠가

작년과 올해 똑같이 일해서

똑같이 버는데도

작년보다 더 살기 힘들대.

그게 문제야."

"너희 아빤 뭐 하시는 분이야?"

"바 타셔."

"바?"

"응, 왜 건물 높다란 데 올려다보면
가끔 밧줄 몸에 감고 간판 작업하는
사람들 있잖아. 그런 일 하셔."

아, 나는 그런 사람들을 보면서도 왜 그런 직업에 대해서는 한 번도 생각해 보지 못했을까. 새삼스럽게 연주네 아버지가 위대하게 느껴졌다.

"너희 아빤 뭐 하셔?"

"울 아부지는, 음, 그냥 상업이지 뭐."

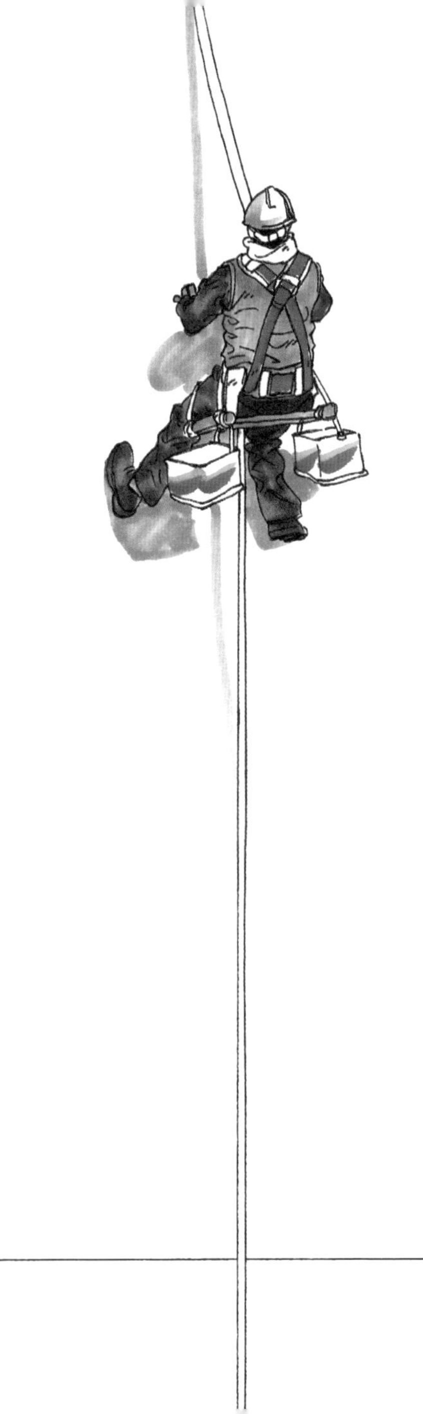

하기야 행상도 상업은 상업이다. 내 얼굴이 나도 모르게 붉어져 왔다. 아버지 직업이 부끄러운 건지, 아버지 직업을 제대로 말하지 못하는 내가 부끄러운 건지 알 수 없었다.

우리는 추위 때문에 더는 대화를 나누기가 불가능해질 때까지 대화를 나누다가 헤어졌다. 연주에게 따뜻한 코트를 사 주고 싶다는 생각이 다시 한 번 용솟음쳤다. 집골목을 들어서는데 골목 어둠 속에서 남녀가 금방이라도 포옹을 할 것처럼 마주 보고 있었다. 나는 못 본 척 다세대 주택 현관문을 열었다. 나도 그 정도 매너는 있다. 현관의 철제문이 삐걱 열리는 소리에 남녀가 놀라 그제야, 안녕 인사를 하는데 보니 여자는 다름 아닌 누나였다. 나는 얼른 2층으로 올라가 버렸다. 누나가 씩씩대면

서 들어오기에 괜히 민망하니까 자기가 먼저 성을 내는 것으로 알았다. 그런데,

"너 똑바로 말해.
독서실 안 가고 어디 갔는데?"

누나가 독서실로 나를 찾아왔는데 내가 없어서 어디 갔느냐고 물었더니 요새 아르바이트하고 있다는 말을 누군가한테 들은 모양이었다. 그 누군가는 틀림없이 용우였을 것이다. 누나는 장례식장 일이 너무 힘들어 다른 일을 찾아보기 위해 독서실 근방까지 왔고 온 김에 독서실엘 들른 것이다.

"편의점!"

나는 꽥 악을 썼다. 그새 밥을 푸던 누나가 흠칫 놀랐다.

“내 등록금 땜에?”

“그래!”

입 속에 밥이 가득해서였을 것이다. 그래서 긴 말하기가 귀찮아, 얼른 대꾸한다는 게 그만 실언을 한 것이 틀림없다. 그러나 내 말은 누나에 의해 이미 기정사실화되고 있었다.

“야아, 고맙다 야.
난 니가 언제나 철들까 했는데.
야, 근데 요새 너 여자애 사귄다는 말도 있더라?”

아니 도대체 이 용우라는 자식은 누나한테 뭘 얻어 처먹은 거야? 슬슬 부아가 치밀어 오르기 시작했다.

"남이사."

"이상하게 사귀는 건 아니지?"

나는 밥숟가락을 탁 놓았다.

"내가 뭐 누나 같은 줄 알아?"

"내가 뭘?"

"누나의 사생활이라 내가 말 안 하려고 했는데."

"너하고 나하고 같냐?

넌 이제 겨우 고 1, 난 대학생."

"난 차원이 다르거든. 우린 추위를 무릅쓰고 대화를 나눠. 무슨 대화냐, 사회 양극화에 관한 것이지. 누나는 알아? 상상력에도 돈이 필요하다는 거. 누나가 뭘 알아? 어둠 속에서 겨우……. 우린 안 그래. 우린 라면 먹고 걷고 햄버거 먹고 대화해. 추위를 무릅쓰고서 말이야. 캔 커피 온기가 식을까 봐 손으로 감싸 쥐고 우리는 어른들 야단맞아 가며 공원 벤치에서……. 에이 씨."

거기까지 말했는데 나를 물끄러미 바라보던 누나 눈가가 붉어지고 있었다. 내가 너무 말을 잘해서 감동을 먹어서인지도 모른다.

"나도 고딩 땐 그랬는데."

아직 고등학교 졸업도 안 해 놓고 '고딩 때'란다. 그러고 보니 누나는 이즈음, 일이 힘들어서인지 한꺼번에 나이를 먹어 버린 사람처럼도 보였다. 눈 밑도 푹 꺼진 것이 다른 일거리를 찾을 것이 아니라 아예 쉬어야 할 것 같았다. 갈비뼈 밑에서 찌잉, 버저가 한 번 울렸다.

연주는 생일에도 일했다. 나는 가불을 땡겼다. 나는 이제 돈 때문에라도 꼼짝없이 편의점에 매인 몸이 되었다. 부담감이 엄습했지만, 모든 세상일이 그렇다는 것을 나는 알고 있었다.

아버지가 밥을 먹다가 불쑥 말했다.

"세상에 좋은 것이 있으면 나쁜 것이 있고
나쁜 것이 있으면 좋은 것이 있는 법이다."

우리는 모두 아버지를 바라보았다.

"좋은 것만 있고 나쁜 것만 있는 것은
아니라는 뜻이야."

그런 말을 하는 저간의 속사정은 알 수 없었다. 알든 모르든 상관없는 일이기도 했다.

엄마가 말했다.

"아버지 말씀 새겨들어라. 나중에 너희들 살아가는 데 다 피가 되고 살이 될 것이다."

엄마 말대로 새겨듣지는 않았던 것 같은데 편의점 문을 나서다가 문득 아버지의 그 말씀이 떠올랐고 그때서야 그 말씀의 뜻을 알 것도 같았다. 그러니까, 아버지의 말씀을 이 경우에 대입하면, 편의점에 매이는 부담감이라는 나쁜 것이 있으면 연주에게 선물할 수 있는 좋은 것이 있다, 뭐 그 정도가 될 것이다.

나는 햄버거 가게 앞에서 연주를 기다렸다. 아버지의 말씀 중에서 좋은 것에 속하는 것이 틀림없는 '연주에게 줄 선물'을 생각하면서. 늘 그랬던 것처럼 연주는 까치발을 들고 내가 서 있는 곳을 한 번씩 확인하곤 했다. 그럴 때마다 또 나는 늘 그랬던 것처럼 손가락으로 브이 자를 그려 보인다거나, 어깨를 으쓱해 보인다거나 아니면 그냥 딴 곳을 쳐다봐 버리곤 했다. 그러나 다른 날과 달리 오늘은 그리 지루하지도 않았다. 일을 끝내고 나오는 연주는 또 늘 그랬던 것처럼

"왜, 들어오잖구선."

했다.

"내가 들어가면 니가 일을 못 하잖아."

"신경 안 쓰면 되지."

"그게 맘대로 되냐?"

"하긴."

여느 날과 다름없는 대화였다. 그렇지만, 이제 나는 오랜 세월이 지나도 이 단순한 몇 마디의 대화를 잊지 못할 것 같은 예감이 들었다. 우리가 하루에 한 번씩 이 대화를 나누고 산 지 한 달째였다. 우리 만남의 공식 오프닝 멘트라고나 할까. 그 아무렇지 않은 대화는 이제 우리 둘만의 은어가 된 것만 같았다. 그러나 오늘은 다른 날과 달랐다. 오늘 우린 라면집도 아니고 공원도 아닌 옷 가게로 가야 했다.

"내가 사 올 수도 있었는데, 니 취향을 몰라서 못 샀어."

"난 빨간색 반코트 스타일 좋아해."

내 가슴이 뛰었다. 아, 연주가 빨간색 반코트를 좋아한다는 사실을 알게 된 것이 이렇게 내 마음을 설레게 하다니. 우리는 찻길을 건너 옷 가게가 밀집해 있는 상가로 갔다. 드디어 코트 가게 앞에 섰다. 가게 안쪽에 빨간색도 진열되어 있었다.

"빨간색 있다."

연주는 가게 문 앞에서 멈칫거렸다.

"이제 됐어."

"옷 안 사?"

이제 곧 연주가 입게 될 빨간색 코트 생각에 내 뺨이 다 빨갛게 달아오르는 참이었다.

"넌 이미 나한테 옷 사 준 거나 마찬가지야."

"아직 옷 안 샀잖아."

"그 마음이면 됐어."

순간, 분한 마음이 엄습했다.

"야, 내가 니 옷 사 주려고
편의점에서 가불 땡겨 가지고 왔단 말이야!"
"그러니까 더 못 쓰지.
그 돈 엄마 아빠한테 갖다 드려라 야.
너희 집도 우리 집 못지않게 힘든 것 같던데
니가 이렇게 함부로 돈을 쓰면 되겠냐?
사람이 양심이 있지."

연주와 내가 그렇게 옷 가게 앞에서 한참 옥신각신하는데, 저 앞쪽에서 낯익은 트럭이 다가오고 있었다. 아, 아버지의 행상 트럭이었다. 어디로 몸을 숨기려야 숨길 수도 없었다. 나는 그 순간, 어떻게 해야 할지 알 수 없는 채로 오래 눈에 익은 그 철제 깡통이 다가오는 것을 바라보았다.

"아들아, 여기서 뭐 하냐?"

아버지가, 반갑게 얼굴을 내밀었다.

"도, 독서실에 가려구요."
"그래? 우리 아들 밥은 먹었냐?"
"예? 예!"

아버지가 주섬주섬 호주머니를 뒤지더니 구겨진 천 원짜리 지폐 몇 장을 꺼냈다.

"우유 같은 것도 사 먹어 가면서 공부해라 이?"

꾸깃꾸깃한 지폐의 감촉이 꼭 아버지의 손같이 꺼칠했다. 아버지의 철제 깡통이 상가 골목 언덕을 내려갔다.

"우리 라면 먹으러 가자."

연주가 라면집을 향하여 앞장섰다. 나무젓가락 포장지를 뜯는데 문득 왼쪽 갈비뼈 밑에서 버저 울리는 소리가 났다. 연주가 단무지를 와사삭 씹으며 물었다.

"왜 그래?"

"방금 왼쪽 갈비뼈 밑에서
찌잉 찌잉 버저가 울었거든."
"넌 멋있어."
"라면 먹어서?"
"다아."

드디어 라면이 나왔다. 우리는 라면을 맹렬하게 먹기 시작했다. 라면은 역시 추울 때 먹어야 제맛이다. 그리고 갈비뼈 밑에서 찌잉 찌잉, 버저 울리는 소리가 나는 저녁의 라면은…… 멋있다.

* 이 책을 마중물 삼아 「라면은 멋있다」가 수록된 소설집 『나는 죽지 않겠다』(창비 2009)를 읽어 보시기 바랍니다.
* 작가 사진 ⓒ이영균

작가의 말

공선옥

그 어떤 현재도

잘못이 아닌 한 부끄러운 일이 아닙니다.

사춘기를 당당히 보내시길.

추천의 말

책과 멀어진 친구들을 위한 마중물 독서

수업 시간 대부분을 잠으로 보내거나 수다로 보내는 많은 학생들을 떠올립니다. 그런데 글쎄, 어떤 친구들은 수업 시간에 추천한 책을 사서 며칠 만에 다 읽고, 친구들과도 함께 읽고 싶다면서 학급 문고에 기부를 합니다. 스스로 책을 사서 자발적으로 읽는 게 흔한 풍경은 아닌데, 그렇게 예쁜 모습을 보이니 선생님도 신이 나서 칭찬을 많이 해 주었습니다.

독서에 흥미를 붙이면 삶을 아름답게 꾸며 나갈 수 있다고 이야기해 주었습니다.

그러나 이런 풍경이 흔하지는 않습니다. 어릴 적에는 부모님께 같은 책을 여러 번 읽어 달라고 조르기도 하고, 그 이야기 속에서 상상의 나래를 펼쳤던 아이들이 청소년기에 접어들면서부터는 이제 책 읽기가 싫다고 말합니다. 몇 해 전부터는 학교 현장에서 소설 한 편 읽기를 하고 나면, 이렇게 긴 글은 처음 읽어 봤다는 반응이 나옵니다. 그럴 때마다 교사로서 씁쓸한 마음이 듭니다.

'소설의 첫 만남' 시리즈는 이런 현실에 돌파구가 되어 줄 만한 새로운 청소년소설 시리즈입니다. 국어 교사들이 머리를 맞대고 동화책에서 소설로 향하는 가교 역할을 해 줄 만하며 문학적으로 완성도가 높고 흥미로운 작품을 엄선하여 꾸렸습니다. 책이

게임이나 웹툰보다 재미없다고 생각하는 학생들, 독해력이 다소 부족한 학생들도 '소설의 첫 만남' 시리즈를 통해서라면 문학의 감동과 책 읽기의 즐거움을 새롭게 경험할 수 있을 것입니다. 무엇보다 재미있습니다. 부담이 적습니다. 한 시간 정도면 충분히 읽을 수 있는 짧은 분량과 매력적인 일러스트 덕분에, 책과 잠시 멀어졌던 청소년들도 소설을 읽는 즐거운 '첫 만남'을 가져 볼 수 있습니다.

문학은 힘들고 지칠 때 위로를 건네고, 어떻게 살아야 하는지 지혜를 전하며, 다양한 삶의 가치를 일깨워 주는 보물이라고 믿습니다. '소설의 첫 만남' 시리즈를 통해 청소년들은 때로는 자신이 주인공이 되고, 때로는 주인공의 친구가 되는 듯한 몰입을 경험하면서 문학이 주는 재미와 기쁨을 마음껏 누릴 수 있을 것입니다.

우리 친구들이 소설 작품에 대해 재미있게 이야기하는 멋진 풍경을 기대하니 마음이 설렙니다. 스마트폰에 시선을 빼앗긴 채 이것저것 기웃거리면서 '대충 보기'에 익숙해진 학생들, 긴 글 읽기에 익숙하지 않아 책 앞에서 주리를 트는 학생들, "초등학교 4학년 이후로 책을 읽어 본 적이 없다."라고 고백하는 '독포자'들을 위해 기꺼이 추천합니다.

"얘들아, 이제 재미있게 읽자!"

'소설의 첫 만남' 자문위원

서덕희(경기 광교고 국어교사)

신병준(경기 삼괴중 국어교사)

최은영(경기 미사강변고 국어교사)

소설의 첫만남 01

라면은 멋있다

초판 1쇄 발행 | 2017년 7월 10일
초판 18쇄 발행 | 2023년 2월 27일

지은이 | 공선옥
그린이 | 김정윤
펴낸이 | 강일우
책임편집 | 김영선 정소영
조판 | 박지현
펴낸곳 | (주)창비
등록 | 1986년 8월 5일 제85호
주소 | 10881 경기도 파주시 회동길 184
전화 | 031-955-3333
팩시밀리 | 영업 031-955-3399 편집 031-955-3400
홈페이지 | www.changbi.com
전자우편 | ya@changbi.com

ISBN 978-89-364-5855-3 44810
ISBN 978-89-364-5972-7 (세트)